글벗시선 184 강자앤 세 번째 시집

기다려 보네
사랑이여

강자앤 지음

도서출판 글벗

새 생명의 메시지를 전하며

안녕하세요?
강자앤 시인입니다.

다시 만나게 되어 감회가 새롭습니다.
시란 고독한 영혼의 뜰에서 피어나는 한 떨기 꽃이고
사색과 명상 인내와 아픔을 먹고 자라나는 한 떨기 꽃이기
도 합니다. 그리고 인내와 아픔을 먹고 자라는 꿈의 노래
요, 사랑의 노래입니다. 새 생명의 메시지를 전하려고 하는
나의 온 정성이 깃들어 있습니다.

제2집 『러브레터』가 나온 지 벌써 1년이라는 세월이 흘
렀네요.
부족한 글이지만 나에게는 아주 특별함으로 여기오니
부디 독자들의 마음 한켠에 좋은 감정의 울림이 남아있기
를 소망해봅니다.

삶의 철학과 깊이 있는 통찰력

작가 유지나

이번 강자앤 시인의 세 번째 시집 『기다려 보네. 사랑이여』 출간을 진심으로 축하드리오며 이렇게 멋진 시를 다시 만나게 되어 저 역시 매우 기쁩니다.

강자앤 시인님의 주옥같은 글을 처음 접했을 때 참 맑고 순수한 영혼을 지니신 분이구나 하는 따뜻하고 포근한 느낌을 받았습니다.

틀에 박힌 관념에 사로잡히지 않고 거침없이 자신의 마음을 글로 표현하는 자유로운 언어 구사법이 글을 더욱 돋보이게 만드는 것 같습니다.

꽃과 나무와 갈대와 바람…. 자연을 사랑의 눈빛으로 바라보며 한 편 한 편 쓰신 소중한 글들은 시인님의 때 묻지 않은 맑음이 보입니다. 일상에 지친 삶의 무게를 잠시 내려놓고 동심으로 돌아가 편히 쉬어 가게 만드는 좋은 책입니다.

개망초

더위 먹은 강이 비실거리며
하얀 개망초를 토해낸다
.....
밤나무 숲을 지나온 바람이
울컥 비린내 한 다발을 풀어놓는다
감성이 물씬 피어나는 예쁜 시선이 매우 아름답고

욕심

어디에도 머물지 않은 바람처럼
흐르는 강물처럼
....
순리대로 살아가는 것이
옳은 논리에 맞지 않을까요.

  시인님의 철학과 깊이 있는 통찰력이 인생을 다시 한번 되돌아보게 합니다.
  시인님의 때론 감정적이고 때론 서정적이고 때론 사랑이 예쁘게 색칠해진 이 좋은 책이 독자분들의 많은 사랑을 받길 기도드립니다.

차 례

제1부 내 마음의 꽃씨

제2부 여름날의 뜨락

제3부 가을날의 사랑

제4부 오직 나를 위한 행복

제5부 내일 일은 난 몰라요

제1부

내 마음의 꽃씨

단풍

깊어가는 가을 속에
내 마음 빠져들어
가버린 세월은 아쉬워할 뿐

임 그린 내 마음
낙엽 따라 동화되네

붉게 타 버린
내 마음 석양에
실어보네

허전하고 애달픈 마음
임이시여
아시나요?

낙엽

임이 그리워 울다 지치면
내 설움은 옛날을 버리고
낙엽이 되네

슬퍼 마세
즐거움만 바라보세

사랑에는 아무 이유 없네

임의 날개 아래 있음이
행복인 것을
임의 모습 그리우며
낙엽은 임 앞에 불태우네

붉은 태양

새벽에 동트는
붉은 태양은
우리 모두가
살아 있음이라

이러면 어떠리
저런들 어떠하리

하루가 가져오는 변화에
아무 말 없이 순리대로
받아들이면 될 것을…

인생사 다 비우고
여유롭게 천천히
내 몸 하나 맡기며

"어딘들 마다하리오."

성숙을 의미하는가
깨달음 속에
배움의 터전인가?

만추

올가을엔 누구와
차 한 잔의 그리움을
마시고 싶다

햇살은 다정해도
바람은 왠지 쓸쓸한 탓일까
가을엔 낙엽 지는 가을엔
누구와의 차 한 잔도
그리움이 된다

가을바람처럼 만나
스산한 이 계절을 걷다가
돌계단이 예쁜 한적한 찻집에서
만추의 사색에 젖어들고 싶다

사랑하는 연인이라면
빨간 단풍처럼 만나도
은은한 향 가을 향을 마시며
깊어가는 가슴을 고백해도 좋겠지

굳이 사랑이 아니라도 괜찮아

가을엔, 낙엽이 지는 가을엔
노을빛 고운 들 창가에 기대어

누구와 차 한 잔의
그리움을 마시고 싶다

말의 품격

우리는 집 밖을 나가는 순간
아는 사람과 잘 알지 못하는
사람을 만납니다.

그때부터 대화의 창이 열립니다
일단 상대의 말을 먼저 들어준 후에
할 말을 해도 늦지 않습니다

정중하고 설득력 있는 권면은
상대의 영혼을 만족하게 하지만

조언을 구하지 않았는데도
먼저 말이 많으면 잔소리로밖에
안 들립니다

그래서 참으로 알고 참으로
지혜로운 자는 오히려
침묵합니다

그 한 사람의 말을 보며
그의 인격과 성품이 보이기 때문에

말의 언어에서
조심해야 할 필요성이 있습니다

대화 내용에서
상대가 거울로 삼을만한
본보기가 되면
참으로 아름다운 결과물로
남을 것입니다.

예의가 바른 사람

생활 속에 흔히 일어나는 것 중에
수많은 사람을 만나고
헤어짐이 있습니다

온화한 미소에 성품이
따뜻한 사람들의
한 가지 공통점이 있다

흔히 눈빛, 행동, 한마디의 말에서
감정이 들어 있기 때문이다

선과 악으로 두 분류를
나누기도 하지요
아~
그 사람 말투와 인상이 좋더라
안 좋아. 별로였어

어떤 이를 보며
말하지 않아도 느낌으로
무엇을 원하는지 알 수 있게 된다

말없이 미소 짓고
사랑의 종소리처럼
울림이 있는 예의 바른 사람 되어

어디에서나
존중받고 헤어짐에 있어
좋은 여운을 남기고
아~
참, 그 사람 예의 바른 사람이다
그 말이 바람처럼 흘러
인간관계에 있어
서로의 사랑으로

힘을 얻는 그 기쁨은
어느 것보다 중요하며
그 한 사람의 여운은
오래도록 기억에 남습니다

뭉게구름

하늘은 높고
구름은 유유히 떠다니며
자연 속에 나뭇잎과 나

길가에는
코스모스 한들한들
참 평화로운 날임에
틀림없다

내 마음 두둥실
뭉게구름에
사랑을 보내고픈
마음입니다.

편안한 마음으로
가만히 생각해보니
즐거웠던 그 날들

어둡고 힘들었던
과거는
세월에 잊혀 가고

자연아
사람아

우리들의 소망을
노래에 담아
감사의 인사를
하늘에 띄워 보내련다

세월의 흔적(1)

가을 하늘은 높고
푸르름이던
가로수의 새로운 옷으로
갈아입고
하나둘씩 떨어진다

가을을 타는
사람들과 맞장구치듯
거울 속에 우리의 모습
세월의 흔적을
말해주듯 합니다

세월의 흔적(2)

떠오르는 태양의 기운도 좋지만
지는 노을도 아름답다

젊음도 좋지만
세월의 흔적을 지울 수 없지만

우리 모두의 마음에
지는 노을도 아름답지 아니한가?

늦가을에 논밭에
황금빛으로 물들어가는

새파란 새싹도 좋지만
외모의 흔적은
남아도
아름다운 내면의 흔적은
더욱더 빛이 납니다

홍시

홍시는
예나
지금이나
그 맛이 일품이다

입안에서 살살 녹아
그 맛을 잊지 못해
인기가 최고로
입맛에 길들어져 간다

사람 얼굴은 주름졌지만
탱탱하고 둥글둥글한
마음씨에
입안에서의
달콤한 유혹

빨간 입술 죄지어
주홍글씨로 남아도
좋을듯하다

예수님의 사랑

내 안에 계신
예수님이 귀하니

예수님 때문에
나도 귀합니다

예수님을 믿는 나를 위해
그 무엇과도 비교할 수 없는
최고의 가치로
당신의 목숨을 주셨습니다

이제는 온 세상을 주고도
나 하나와
바꿀 수 없다고
주님은 말씀하십니다

또한 자녀들을
너무 사랑해 주심에
날마다 새로운 사람으로
거듭나게 합니다

부모님의 사랑

엄마!
안녕하세요

이곳은
가을 하늘은 더 높이 푸르게
들녘에 베는 알차게
익어가는 중입니다

고향의 장독대에
엄마가 해 놓은
된장 고추장 맛은
요리사 못지않은 솜씨
그 맛은 아직 잊지 못합니다

고향의 푸르른 잔디
서서히 잠들어 버린
하늘의 은하수 건너

별들의 속삭임
당신도 듣는가

이름 모를 밤새가 울 때
큰 바다를 사이에 두고
천년처럼 나누는 이별의 슬픔

눈을 감으면
밤하늘의 별과 달.
나는
스르르 잠이 든다

오늘은 부모님 두 분을
초대해 본다

얼마나 부모님이 그리운지
평안을 누려 잠들어 봅니다

하루의 일상

다람쥐 쳇바퀴 돌듯
반복된 생활에
마음에 부담을 주거나
권태로움이 일어나기 마련입니다

그리고
매일 같은 하루의 일상 일지라도
똑같은 날은 존재하지 않기 때문에
얼마나 소중하고 귀한 것인지 깨닫죠.

오늘이 지나도 과거로 평가하되
그저 헛된 시간이 됩니다

우리가 중심을 둘 부분은
이생에서 보람되게
후회 없이 살다가

가시면 황금 같은 시간
생각이 바뀌며
인생관이 달라지기 때문입니다.

헛되이 보내지 마시고
보람되고 후회 없는 삶
살아가시길

아직도 이 세상에
깨달음은 수없이
존재한다는 것입니다.

깨달음의 연속이라

솔방울

하나둘씩 떨어진다
그래서
내가 운다

아버지
땔감할 때
부녀지간의 오고 가며
다정했던
그 모습
어디로 갔는지

아직 내 가슴에 남아
아련하고 뜨거운
사랑 이야기

지금은
그 음성과 모습이 그리워
가슴 한켠에
아픔으로 남아 있다

추풍낙엽

우리의 인생이
가을바람에
낙엽이 지는 듯하다

세월에
장사 없다고 했는가

추풍낙엽처럼

사랑의 종소리

어둠이 깔리고
노을이 지며
당신의 존재가 느껴져
그리움 되어
강물처럼 흘러내리는 것처럼

서로에게 따뜻함으로
외로울 때나
슬플 때나
위안이 됩니다

나비의 날갯짓
작은 꽃송이의 빛깔 속에서

당신의 가슴을 따뜻하게
만들어 모아가며
사랑의 희망이 더 크게
느껴지는 듯합니다

내 마음의 꽃씨

그대는
내 마음 밭에
작은 꽃씨를 심으시고

꽃씨는
푸른 나무 되어
예쁜 꽃을 피워주셨네

우리 임은
어디 가셨나
가을향기 가득 품고
나무는 춤을 춥니다

그대는
지나간 바람이셨나요
꽃씨가 나무가 되어
가신 임 오시길 기다립니다

생각하는 나무

추운 겨울 눈 덮인 깊은 숲속
땅속에서도
생명은 꼼지락거리네

바위는 살짝 옆으로 눕고
얼었던 강물도 쉬었다 가네
큰 아기 치맛자락
슬슬 올라가는
봄 한나절

연두색 새싹 간질간질
새로 돋는 잔디 뿌리랑 소곤거리면
나무는 조용히 생각합니다

무거워도 힘들어도 춥고 더워도
잎을 내고 꽃을 피우고
말씀을 따라 쉬지 않으리라

하늘은 한 발자국도
오갈 수 없는 나무들에게
지혜를 주시네

용기를 주시네

나무는 새들과 더불어
멀고 가깝고 밉고 예쁘고
온갖 바람을 견디며

엄마처럼
꿈을 안고 낙원을 향해 갑니다

아름다운 꿈

안녕! 저예요

나 여기 홀로 외로이 앉아
그대의 꿈을 꿉니다

내 가슴속에
미소를 깃들게 하는
그런 꿈들을요

가을아

가을아
반갑다
아름답게 물들임을
보고 있노라며
세월 속에 인생이 보인다

가을아
너무 좋아
너만 사랑할게

늘 한결같은 마음으로…

기다림

바람이 머물기를
바라지 않습니다
하늘에는 흰 구름 두둥실

길가엔 코스모스가 바람에
한들거리는 모습은 여전히
아름답습니다

다시 올 바람은
어떤 임과 함께 올까요

보이지 않는
바람을 느끼며
기다려 봅니다

가을바람의 사랑

가을바람으로
사랑이 온다

밤에는 귀뚜라미
울음소리 풀벌레

낮이 되면
노랑나비
호랑나비
자유를 갈망하면
날아다닌다

어느 곳에
어느 누구를 만나든지
흔들림 없는
그 사랑에
충실하려무나

추억

만남 이별 슬픔
아련한 추억들…

너와 나의 모든 것이
다 들어 있는
사랑 이야기

지금 뭐하니?
궁금증을 자아낸다

행복이 살아
숨 쉬는 곳
오늘도 그러하리
내일도 그러하리

아름다운 이야기 속에
세월의 흔적을
다시 한번 느껴 보련다

제2부

여름날의 뜨락

장미꽃을 드립니다

임의 따스한 마음이
낙엽처럼 가을바람에 날아와서

오든 길 뒤 돌아보게 합니다
우리 언제 만났나요

첫인사에 미소는 만점
서로의 생각이 같아서

당신과 나의 마음이 푸르니
마음의 감사를 담습니다

오늘 밤 좋은 노래 들으면
잠들렵니다

꿈속에서라도
장미꽃을 드립니다

어느 날
사랑하는 당신에게

달맞이꽃

달밤에만 피는 꽃
구름에 가려
달이 보이지 않네

구름 사이로
달님의 얼굴
물레방앗간

순정의 달맞이꽃의 추억
산골 마을 굽이굽이
기다림의 노란 파도
눈감고 숨 멈추는 순간,

달도 나도
달맞이꽃도
서로의 소원을 말하였네

강 언덕
더 많은 꽃들의 향연
나 홀로 올해는
달맞이를 접는다

선생님의 입술

꽃이 빨갛게
입술 깨물며

눈으로
말하네요

알아보겠네
나도 그냥
눈으로 말합니다

꽃은
눈으로 살짝
웃습니다

국어 선생님
몰래 살짝 보네
꽃처럼 웃나요

꽃처럼 웃는 입술
깨물어 주고 싶습니다

가을

햇살에 스미는
완연해진 가을 향기
마음마다 찾아가

곱게 물들인
가을 연서로 써주는 계절

평화로운 저녁으로
닻 내리소서

아름다운 이 밤에

봄 이른 봄꽃들

어디에선가 피어 있을
몽올몽올 예쁜 꽃봉오리들
하얀 목련 노란 산수유가
피기도 전에
여기저기 제몸 자랑입니다

들에는 덜 녹은 눈
파란 봄 까치 꽃이
웃으며 모두가 반겨 주네요

애쑥이라고
불리는 아기 쑥이
부드럽게 쑥쑥 자라고 있습니다

예쁜 봄 친구들은
우리 곁에서 서서히 자라다가
엄마도 모른 채 이만큼 자라나서
우리 애들 즐겁게
화이팅입니다.

여름날의 뜨락(1)

봄에 핀 꽃은
어느새 하나둘씩
다 사라졌지만

여름날의 뜨락을 맞아
진초록 나뭇잎이
싱그러움을 더해 줍니다

산길에는 여기저기서
여러 가지 음색을 내며
나무와 산새들 소리는
청아하여
맑고 고운 음색을 타고

또 다른 세상 앞에
새롭기만 합니다

나는 나
너는 너
우리 모두의 사랑은
청록으로 물들어

파스텔로 한 폭의
그림 한 편이
나올 듯한

내 마음은
하늘에 별을 보고
이루고자 하는
소망의 날들
나에게로 돌아와라

여름날의 뜨락 (2)

꽃은 이미 떨어져서
뜰은 줄곧 텅 비어있네

빈 뜰에 내려앉은
늦은 햇살
찬바람에 흔들리고
나의 작은 가슴에는
어느덧 따스함이 젖어 들면
아무 잘못 없는 나는
무서워
무서워요

저 텅 빈 뜨락에는
한 송이 예쁜 꽃이 없어도
살포시 내려앉은
가녀린 그 이름
그 얼굴

내 마음으로
다가오는
그리운 임 떠오른다네

가을 사랑

아!
가을바람이 분다
초록에서
조금씩 짙어가는
낙엽들

그 뜨겁던
여름의 햇살은
사라지고 갈바람에
내 몸을 맡긴다

내 영혼에 아름다운
모습을 채워 줄
가슴 뛰는 가을

이미 지나간 여름날
먼 훗날 기억 속으로…

힐링캠프

가을바람에
그대의 향기가 스며듭니다
초록 잎이 아름답게
화사하게 피어나는
가을날이며
어디론가 떠나고 싶은 충동이
일어난다.

일상도 여행도
변화가 필요하다
여행은 창밖으로 스치는
장면 하나하나의 소중함과
설렘으로 다가온다
밤을 스치는 공기조차
내겐 익숙한 과거의 것이
아니었다

오감은 어린아이처럼
순수와 푸르렀던 날들에의
추억을 향해
열려 있었고

몸을 비비는 나뭇잎이
세상에 쏟아내는 속삭임에
들리는 듯하고

떠도는 바람 주머니 안에
들어와 있을 것만 같다
거기엔 언제나 나를 반기는
새로운 풍경과 또 다른
나의 세상이 열릴 것이다

언덕에 올라

언덕에 올라
바위에 걸터앉아 준비한
따뜻한 차를 마신다

부드럽고
넓은 임의 가슴
여유 있고 당당해 보이는
임의 얼굴

이 세상에
누군들 힘든 일 없었겠나요?
하지만 난 행복합니다

임을 만나
모든 괴로움 다 잊게 하시니
임을 향해
목월 님의 시를 노래합니다.

"산촌에 눈이 쌓이고
어느 날 밤에
촛불을 밝혀두고 홀로 울리라."

임과 함께 부르는
이 노래는
하늘 닿는 기분
사랑하는 임의 품속이
행복합니다

해바라기(1)

늘 한 곳만 바라보는
한결같은
해바라기 사랑이여

옆도 뒤도
바라보지 않은 것은
프라이버시(Privacy)

난 너를 닮고 싶어
왠지 아니?

순종적이고
흔들림 없는 그 사랑에

샘솟듯
솟아나는 그리움과
고독을 나누며

언제나
제자리 걸음으로…

해바라기 (2)

우리 임 오시는 길에
어느 날 내게 마음 주시며
임의 가슴 깊이
사랑의 호수에
빠져 버릴 것 같습니다

떠오르는 아침 해
인자한 임의 미소는
내 인생에서
아주 특별한 꿈을 꿉니다

꿈속에 사랑은
내 전부를 가꿔 기다리면서

임이 바라는
노오란 사랑의 창문을 향하여

내 임을 위해 핀 꽃
애처로운 눈길로

해바라기는
임을 기다리며 피었습니다

사랑의 세레나데

하늘에 흰 구름
바람에 두둥실 춤추고
갈바람이 솔솔 불어오니

너를 향한 그리움이
뇌리에 스쳐 지나갈 때
애잔함으로 다가온다

그날을 기억하니?
칵테일 바(Cocktail bar)
좋은 음악과 술
사랑의 세레나데여!

그곳에서 조금씩
알아가는 과정에서 연민의 정으로

만약 한 마리 새가 되었다며
너의 곁으로 가고 싶을 뿐이란다.

여기에 더할 말은
내 사랑 역시 너만큼이나
깊고 크다는 것을 전하련다

가을날의 수채화(1)

한 장에 마음속을 한번
그려 볼까요

빨주노초파남보
모두가 아닌
파스텔 톤으로

그리고
하늘은 맑고 청명하게
아직은 물들지 않음에

싱그러움 살리고
오늘 하루만 그린 것
아닌지
아쉬움이
남지 않을까?

가을날의 수채화(2)

푸른 하늘에 낮은 구름
오간 데 없고
흰 구름 높이 푸른 하늘에
수채화를 수 놓는다

마지막 여름을 알리는
가로수 매미 오늘도 힘차게
짝 찾느라 목 터져라
울부짖는다

길옆 코스모스는
갈바람에 하늘 흔들어
벌 나비들 모여들고

비행기 목적지 가는 자리
구름을 만드는 걸
아는지 모르는지

빨강 고추잠자리 떼를 지어
술래잡기하느라
시간 가는 줄 모르고 즐긴다

죽음

황새는 홀로 아리랑
임에도 구애치 아니하며

홀로
죽음일 것이라는 것에
만백으로
만흑으로 산다

희비의 엇갈림

우리 모두가
지나온 과거를 떠올리면
수많은 일과
부딪쳤습니다.

희로애락(喜怒哀樂)
역지사지(易地思之)
호사다마(好事多魔)는
기본적인 수칙처럼

하지만 이 속에서
깨달음의 연속이 있는 반면에
늘 한자리가 제자리처럼
변함없는 인과응보를
모르고 살아간다는 것입니다

있는 모습 그대로
만족하고 상대를 배려해주는
만큼 좋은 일은 없을 듯
큰 디딤돌이 된다는 것을
한마디 하고 싶네요

하얀 나비

바람 소리 들리더니
꽃잎이 떨어졌네

하얀 나비
노란 나비
너는 꽃잎일까

내 임 소식 전하려
나에게 온 전령사일까

으악새 우는 밤
불빛 사이로 본 꽃

아침이 밝아오니
꽃잎이 다 졌구나

나는 당신의 진주

바다는 바다는
푸른 바다는
우리 임 가슴에
진주 목걸이 꿈인가요
생시든가요
파도 소리 그리움
나는 당신의 진주

강 따라 물 따라 임 가시는 길
매일 매 순간이 영원처럼 느껴지고
그대에 대한 내 사랑이 강렬해져도
우리가 함께 있지 않은 그 순간도

미리 예정되어 있다고 생각하는
한마디의 말과 표정들로 인하여
오늘도 그리움 나의 진주는
영원히 당신을 사랑하리니,

잊지 말아요
나는 당신의 진주입니다

사랑의 이유

사랑하는 사람아
빛이 있으며 어둠도
괴로움, 슬픔도
한순간 피었다가
꽃처럼 시들어지는 것처럼

사랑하는 사람아
어디 하나 영원한 것은 없지 않은가?
부드러운 음성 따뜻한 미소가
말하여 주듯이

사랑하는 사람아
나의 말에
소중함을 느꼈으면 좋으련만

오늘날 번뇌에서
성찰하는 마음으로 돌아가
내일의 희망을 바라보고
다시 일어날 준비를
연속이나 하듯이

이렇게 진실하게
부드럽게 속삭이며
있는 모습 그대로를

때문에
나는 당신의 말에 전부
동의할 수 없었으나
당신의 모든 것을
사랑하게 된 이유입니다

적과의 동침(Show Window)

영원한 적은 없으며
사랑하는 연인도 언젠가는
헤어지게 마련이다

호랑이를 잡으려면 호랑이 굴에
들어가야 호랑이 습관과 약점을
파악하게 된다

적을 만나 회포를 풀다 보면
적의 장단점과 사정을 이해하여
수용하게 된다

적과의 연인은 상황에 따라
변할 수 있어 늘 적이나
애인으로 남을 수 없으며.

영원한 적과 여인은
존재할 수도 없고
존재하여도 아니 된다

코스모스

별, 바람, 햇살, 사랑에
물들어가며

나
너
노래 부르며
행복의 환희 속으로

꽃이 나라고 생각하라
세상에 안 예쁜 꽃이 없듯
미운 꽃도 없더라

그대라는 이름 하나
내 마음에 꽃 하나 심으련다
코스모스 자기를 좋아한다

갈바람에 하늘하늘
춤추듯 말입니다

인연이란

이 세상 수많은 사람 중에
만남과 인연이라

오는 사람 막지 말고
가는 사람 붙잡지 마라

라는 명언 아닌
불가사의한
삶의 이치다

법구경 아닌
하나님의 말씀을 전하는 이들의
생각과 일상생활
티전을 대하다 보면 반대로
변화의 모습도 있다

따스한 미소
부드러운 말
사라져 가는
나의 모습
우리들의 참모습이

어디까지일까?

너는 너
나는 나
무시하고 지나다가
본인의 마음에
상처 입지 않을까
두렵습니다

제3부

가을날의 사랑

아가페 사랑

커피 한 잔 들고
안개 속을 걸어가며
많은 생각에 잠긴다

이제는 너를 위해
미소를 찾아 주고 싶다.

내 친구니까
예전에 당당한 리더십
강한 모습은 다 어디로 가고
지금의 현실을 탈피하려고

아득히 먼 기억들 속으로
뒤돌아보며
말 한마디 한마디가
조심스러워
차라리 침묵하련다

그대의 사랑

그대는 나의 사랑이요
행복입니다

그대는 존재 그 이상으로
기쁨이 됩니다

그리하여
너를 위해
미소를 찾아 주고 싶다

그대는
자랑스러운 내 친구니까

밝은 모습을 보기 위함으로
어떤 말이 필요로 할까?

그 옛날 너의 모습은
다 어디로 갔나
모든 것을 모른다오

그날을 기억하니?

서로를 향한
따뜻한 말 한마디
마음을 사로잡기에
조금도 부족함이 없었다

너의 맘속에 햇살이
드는 날까지
내가 더 지켜보고
기다려 줄게

나이 탓일까
나의 희망이 너무
과한 것일까

그냥
눈물만 흐르게
하는 이유는
너와 내가
한마음이라는 사실에
그대를 더욱 사랑할 것이다

가을날의 사랑

한가한
초가을에 접어 들었다

기쁜 마음으로 로이랑
동행중에
가을날에만 들을 수 있는

매미들 울음소리
매~에~맴
귀에 웅장하게 들리는 절규에
애절한 사랑의 울음소리에
여운을 남긴다

어두운 밤에 구슬피
우는 여인
울음소리와 늦은 밤에
이곳저곳에서 우는 풀 벌레
귀뚜라미

매미는 땅속에 애벌레로
오랜 세월을 거쳐

짧은 생명으로 끝이 난다

하물며 사람은 어떠한가?
울고 싶어도 울지 못하고
아주 작은 소리로
읊조리면서

순애보 적인 사랑으로
바라만 볼 수 있는 그런 사랑이
더 크게 느껴집니다

대자연의 숨결

우리는 곱게 피어나는
들의 꽃 속에서 산등성이를 타고
피어오르는 안개구름 속에서

높고 큰 나뭇가지 사이로 비치는
햇살 속에서
자연의 오묘한 숨결을 느끼고 발견하며

햇살 속에 너
바람 속에 나

청산은 푸르고
아무 말 없이 살아간다네

자연이 주는 아름다운 숲이
우리를 위해 존재한다는 것만으로도
행복하고 감사의 나날들…

이름도 모르는 꽃들 사이를
한마디 말도 없이 다정히
걸어가며 시나브로.
떨리는 손을 마주 잡는 것처럼
사랑의 이유를 말해주는 듯합니다.

삶 속의 행복

일상생활 속에
근면 성실한 사람은
늘 좋은 경험을 하며 살아갑니다

그러나 늘
불평을 늘어놓고
삶의 의욕을 잃은 자는
만사가 귀찮아지는 행동으로
타인에게까지 타격을 입힙니다

움직인 만큼
배워가는 것도 많기 때문에
자존심은 버리고
자존감으로 삶의 질을 높인다

자기 자신을 위한
사랑으로 가는 길이
승리하기 때문입니다

사랑의 존재

그대 마음을 말하지 않아도
알 것 같아
밤하늘에 별을 보며
당신을 그리워합니다

그대라는 이름하에
내 작은 가슴에
포근함, 정겨움이 가득 차
내 삶이 넉넉합니다

사랑은 사랑을 낳고
미움은 미움을 낳는다지만

이미 마음의 허물을
모두 벗어 버리고
어디에서라도 다하여
그대를 사랑합니다

나만의 생각이 아닌
같은 마음이라면
아주 멀리서라도

서로를 향한 어떤 존재가 되어.

그리움과 기다림에
소중한 씨앗이 될 것입니다

사랑은 신뢰 문제다

SNS 발달로 서로 일거일동을
알아 사랑하면서도
계절은 기다려 주지 않고 변해만 간다

견우와 직녀는 칠월칠석날
까마귀와 까치가 만들어준
오작교에서 회포를 푼다지만

교통이 발달하고 달나라를
오간다지만 우리는 울타리가 있어
통하지 않는 게 사랑인가 봅니다

사랑은 삶의 원근 관계가
아니라 두 사람
마음과 마음의 신뢰 관계이다

그리움

하루를 시작함에서
커피 한잔 들고
나만의 생각에 잠기곤 합니다

세월은 기다려 주는 법 없이
흘러만 갑니다

그대의 그리움이
풀잎에 달린 이슬처럼
내 가슴에 맺는다

동틀 재 빛나는 햇살에
내 가슴은 그래 그리움에
살짝 눈 감으며.

오늘 나 당신 그리움의
백치 되어
저 푸르른 하늘에
마냥 헤맬 거라네

사랑(1)

내 사랑은
보이지 않는다고 해도
항상 거기에 있다

내 사랑은
사라지는 게 아니라
다시 오고 있는 중이다
내게로 내 눈 속으로

사랑은 그리움이고
기다림의 이유이며
사랑은
키움, 가꿈, 거둠입니다

사랑(2)

좋아도 했고
사랑도 했었다

언제나 그러하듯이

살아가면서
서로가 필요로 하는
이상으로…

그 안에서 숨결을
느끼고 싶은
단 한 사람

여기에 더할 말이 없네요!

공상

가끔 멍하게 공상에 잠기어
삶의 의욕을 상실한 듯
공상에 빠지곤 한다

요즘 내가 나를 생각해도
나의 마음 정상이 아니라
누구를 위한 삶인지 모르겠다

공상이란 병은 불규칙
생활에서 오는 방황인 듯
쉽게 고치지 않는 습관이다

원인 없는 병 없겠지만
습관이 행동이 되고
나의 성격이 될까
두렵다

당신의 사랑

젊을 때 사랑은
애틋한 사랑

중년의 사랑은
묵묵한 사랑

노년의 사랑은
자유로운 사랑

다시 만났으면 하는 사랑은
그립고 보고픈 사랑

이런 사랑이
영원한 사랑 아닐까요?

두 눈으로 가슴을 적시는
고운사랑은 바로
당신의 사랑입니다

설렘

청록의 빛
맑은 마음

말간 웃음으로
곱게 피어나면

아스라한 설렘
피안으로 담고

빈 항아리마다
꽃향기 넘치도록

포근한 가슴
뿌듯한 마음

믿음과 기다림
그리고 그리움

수줍고 맑은 미소를
드립니다

순수한 마음 그대로
푸른 그대여

느티나무

나는 오늘도
느티나무 아래서
부모님의 사랑을
노래합니다

유년의 시절
식목일에 받은 그 나무는
우리 논에 심어준
나무의 주인공은 나였었다

산들산들 부는 하늘에
흰 구름 지어 놓고

나를 위한 생각으로
노래를 부르고
아름다운 시를 온종일 읊겠어요

오늘도
느티나무 아래서
부모님의 사랑에
목말라 에띠우며
서 있다네

새벽을 깨우다

유년 시절 너희들
울음소리에
시간 알림이었고

품은 알은
아주 귀한 도시락
반찬으로 유용하게 쓰였다

여름 보양식으로
희생되는
너희가 안쓰럽다

인간의 삶 너희가
먹이 쇠사슬이 되어
죄인이 아닌
죄인이 되는 느낌이다

초복
중복
말복

아직 줄줄이
사탕처럼 이어질 너희들
운명이 그럴 수밖에 없는 것을

사계의 여름을 피해 갈
방법이 없는 게
너희들 운명인가 보다

나를 사랑하노라

나는 나를 사랑해야 할
이유를 부여하고 싶다

이곳까지 오면서
다양한 일들

어쩌면 행복한 날보다
깊은 고난 속에
하나의 열매를 맺듯
힘든 고난들

사랑과 행복
불행과 슬픔

직접 체험하고
배움의 토대에서
경지는 아닐지라도

지혜로움에서
인생을 배우고
사랑을 배웠다

어둠을 뚫고 사랑으로
헤쳐나갈 때
나 자신 위한 시간에서
더 행복하고

승리하는 기쁨으로
내가 나에게
아낌없는 찬사를 주련다

안개비

오늘은 안개비가 내리네요

지난날 그날을 떠올리면서
동화 속은 나오는 주인공처럼
순수한 너의 모습에
너를 알아가는 과정 속에
다른 또 한 사람에게 느낄 수 있는
모든 부드러움과 함께
서로를 향해 마주 보면서
둘이서 걸었다네

운치 있는 그날의 사랑은
둘이서 하나가 되어가는
미성숙의 모습들

부옇게 보이는
자연 속에 나누는 안개비
오늘의 이 비가 앞으로 좋아질 것 같아요

둘이 아닌
하나의 사랑이 되고 싶으니까요

열일곱 살 꽃길

열일곱 살 꽃길
예쁜 발자국

잠이 덜 깬
나비의 눈가에
아침 이슬비 방울방울

요한 스트라우스 왈츠
빈 숲속의 이야기 속으로

울타리에 개나리
베란다에 수선화
코끝 사이
노오란 꽃향기 흐르네

어디쯤 어디쯤
임 오시나
가늘게 입술 다물고 눈 감네

보들보들 하얀 살냄새
볼 키스 한 번에

피아노 건반 위로
선율 흐르네
열일곱 살 꽃 밝고
나비를 부른다네

나는 잡초

푸른 하늘을 이고
말이 없는 저 풀.

나긋나긋 몸짓으로
바람맞고
낭창낭창 마음으로
빗물을 안은
나는 잡초다

바람 불면 바람만큼
몸 흔들며.
비 오면 빗물만큼
툭툭 어깨 털며
더욱 알차게
이 땅을 움켜진다

남들이 눈여겨
보지 않는 잡초.
움츠러들지 않고

불평이나

절망하지 않고
말없이 의연한 몸짓
끈질긴 생명과
희망의 눈부신 깃발!

맞아서 돌아가는
팽이처럼
풀은 베어도
베어도 자란다

청포도

녹음이 짙어가는
오솔길에
나만의 힐링으로
마냥 행복에 젖어
봅니다

옛 어린 시절
뜨거운 햇살 아래
우리 형제 모두
설익은 청포도
따 먹던 시절
입안에 침샘이
고임에도
따 먹기에 여념이 없습니다

형제의 우애는
그리움으로 내
가슴에 묻어둔 그 사랑

"청포도가 익을 때씀"

이러한 이유로
가끔은
하나의 이상으로
하나의 숨결로
때로는 그때의
추억에
눈물이 고여 오지요

사랑의 존재와
의미 앞에서
눈물 한 방울로
해탈하는
느낌처럼

한여름 밤의 꿈

대낮의 뜨거운
태양은 서서히 저물어가고
붉은 저녁노을을 알린다

오늘이 가고
내일이 다가옴을 말해준다

가고 오는 일상 속에 묻혀
허우적대다 보니.

어느덧 과거로 돌아가고
이러나저러나
저 붉은 노을은 참 아름답구나

오늘 밤 문득
저녁노을 바라보면서

한여름 밤의 꿈이려나

여름(1)

한여름 뜨거운
햇살을 피해
오솔길로 향합니다

크고 작은 소나무 위에
새들은 여기저기서
소리를 내면 자기네들의
인사 내용인가 봅니다

자연의 새도
사람들도 때로는
자유를 갈망하며
마음의 허물을 벗어내고
싶은 충동은 생깁니다

사람아
새들아

너의 사랑
우리의 사랑 앞에

아주 적은 노력이
소중한 씨앗이 될 것이로다.

여름(2)

사계 중에서
이름은 여름이지만
상큼함으로
나를 잠 깨워 줍니다

그대가 있어서
웃을 수 있어서

행복하고
기쁨으로 가득 찹니다

만남을 통해
함께 웃음꽃
피워 볼 수 있는
시간 속에서

작고 소소한
행복을 알아가는
중입니다

사랑을 위하여

행복을 위하여

앞으로 다가오는
아름다운 인생길
희망과 꿈을 향해
도전하는 마음으로
뿌리 깊게 내리기를
바랄 뿐이랍니다.

제4부

오직 나를 위한 행복

오직 당신

창가를 드리우는
따사로운 아침
햇살을 온몸 가득 받으며

달콤한 입맞춤으로
하루의 문을 여는 이가
당신이면 좋겠습니다

매일 바라보고 넘치도록
내 사랑을 주는 이가
당신이라면 행복하겠습니다

포근하고
아늑한 사랑의 보금자리 안에서
작지만 소박한 행복을 함께
가꾸어 가는 사람이 당신이라면
나는야 참으로
행복한 사람입니다

삶이란 그러하듯

새벽녘 조용한 뒷산은
나뭇잎 푸른데
잠에서 깬 작은 새 한 마리
날갯짓하며
밤이슬을 털어댑니다

잠이라도 푹 잔 걸까?
아니면 홀로 떠돌다가
작은 몸짓 하나 둥지 없는 곳에서
밤을 새웠나 가엽기만 합니다

삶이란 그러하듯
언제나 내 안에 있는 감정은
변함없는 사랑으로
드러나게 됩니다

시간은 흐르데
저 멀리서 변함없이 환하게 비쳐
오르는 태양은
삶의 희망을 일구고
기억하라는 것 같습니다

오늘이 끝이 아닌 더 낳은
삶을 위해 다짐하고
다스리라는 뜻이
아니겠습니까

세월의 중요성

우리에게 날마다 주어지는
이름 하에
좋은 날을 원하지만
예상외로 안 좋은 일이
일어나기 마련입니다

옳고 그름은 항상 벗처럼
따라다니는 게
우리네 인생길

하지만 성품이 온화하고
변함이 없는 자는
여기에 연연하지 않습니다

긍정적이고 마음의 여백에는
좋은 날로 만들려는 사람과
행복의 주인공이 되고.

나중에
라고 미루면
시간을 놓치는 사람 되어

불행의 하수인이 됩니다

하루를 마무리하는
이 시간 서로를 그리워하고
존중하며 배려하며
나를 비우고 내려놓는 이에겐
늘 행복과 기쁨을 안고 살아갑니다

애써 꾸미고
치장하지 않아도
가슴으로 마음을 지닌
변함없는 친구 두세 명만 있어도

헛되이 보내지는 않았다는 점
잊지 마시고
행복 두 배를 가득 채우는
시간의 중요성에
그 값어치가 있다는 것입니다

계절은 변한다

봄이 오면 꽃피고
새들이 찾아와
지지배배
반갑게
노래 불러주고

봄에 연둣빛 이파리
여름철에는
청록색으로
갈아입어
푸름을 자랑하건만

가을 되면 오곡들
열매가 알알이
누렇게 익어
고개 숙이고
이파리
변하여 누렇게 변한다

나무는 겨울이면
맨몸으로

추위를 맞아
사람과 다르게
눈 맞는 게 특이하다

사람은 한번 가면
올 수 없으나
나무와 식물들
철마다 바꿔가며
새 옷 입는 삶을 산다

오직 나를 위한 행복

하나를 얻으면
손에 쥔 하나를
내려놓아야만 하는 게
당연지사입니다

살다 보면
마음에 드는 모든 것을
가질 수 없다는 걸 깨닫게 되기를
응당 가슴 한자리에
빈자리를 만들어 놓아야만 합니다

오직 나를 위한 행복을
만들기 위함입니다

욕심과 과욕은 금물
혹시 아니할지라도
마음의 여백을
남겨 놓아야 합니다

때문에
꿈처럼 달콤할 테니

과거는 무용지물
현재와 미래를 바라보며
오직 나를 위한 행복 여행을
준비나 하듯이 말입니다

아버지

앨범 속에 빛바래진
사진 한 장을 보고
참아야지 하면서도

두 볼을 타고 흐르는 눈물은
아직 잊지 못하는
아버지에 대한 큰 사랑
온몸으로 실천하는
고난의 세월을
어찌 한 평생 지고 살았습니까?

예전에는 미처 몰랐습니다
피곤한 몸으로 집에 돌아와
담배 피우던 그 모습이
내 눈에 선하게 그려집니다

아버지!
난 지금 커피 한잔으로
어느새 하얀 백지장 위에
뿌옇게 흐려지는 기억을

하나둘씩 써나가는
아버지를 발견하고
나의 아픔도 때로는
그리움이 되었다고
전하고픈 마음입니다

유월의 장미

오월을 지나 유월 아침
일찍 깨우지 마소서
유월의 장미는
온 밤을 사랑해 지쳤답니다

불타는 입술
가버린 뜨거운 정
잊지 못합니다

임아!
예쁜 장미 꺾지 마시고
송두리째 가슴에 품고서
담장 아래 하얀 모래밭
보금자리 마련해 주면

해마다 오월에는
임의 침실 가득 장미 향기로
채워 드리겠습니다

하루살이

세월의 빠름 속에
인생은 긴 것 같지만
너무 짧습니다

질병과 세상이 험악하여
어제 만남이
하룻밤 사이에
소리 소문들
죽음이라는
소식에 참담한.
비보의 소식들

그래서 한 치 앞을 모르는
하루살이에 불과하기에
소중한 시간 속에
즐거운 인생
만들어 가면 됩니다

비 내리는 날

한동안 가뭄으로
땅이 갈라지고 흙먼지에
애타는 농민들의
가슴이 뻥 뚫린 듯하다

비바람 속에 바람 불어
자연 속의 꽃과 나뭇잎이
서로를 향해 터치하며
그대들의 몸을 맡긴다

하늘에서 내려준 비는
일용할 양식으로
그 은혜가 하늘에
닿을 듯 말입니다.

자연도
사람도
이번 내린 비로
구세주를 만난 듯합니다

공존

봄이면 싹도 나고
꽃도 피고
어느 순간 잎이 지는 것을
바라보면서도
영원히 같은 모습일 거라고

그럴 수 있으리라고 믿는
사람에게
나는 그럴 수 없다는 것을
말할 수 없고
지킬 수도 없다는 것을 말해도
듣지 않은 일
뭐라고 씨 뿌리는 건지
모르겠네

인생은 흐르는 세월

세월이 빠름을
앞산에 피고 지는
꽃들을 보아서 알지만

세월이 빠름은
봄 여름 가을 겨울
계절의 오고 감으로도 아네

세월이 빠름은
어느 새인지
마음에서 느끼는 미세한 소리

입으로 나오는 말에는
아름다운 것보다는
힘든 세월의 하소연이라

살아있는 생명의
녹록지 않은 삶의 시간
흘러 흘러서 큰 바다 되었네

숲속에서의 나

뜨거운 태양 볕을 피해
시원한 숲속을 향해
갑니다

꽃보다 진초록 나뭇잎이
싱그러움에 한결 힐링하는
기쁨입니다

좋은 공기에
한 뼘 한 뼘 내딛는 발자국에
조금씩 힘이 실립니다

언제나 풍요로운
자연 속에
네가 내가 아닌
우리 모두의 곳이며.

더불어 자연에서
감사로 다가와
내일의 꿈과 희망을
바라보게 합니다

사랑이라는 이름으로

새들의 휘파람 소리에
아침에 열고
맑은 깨끗한 자연의 소리에
내 그리운 사랑의
끝없는 향기이고픈
초록의 햇살을 한 아름 품어본다

홀로 피는 꽃도
쓸쓸하고 함께 피는 꽃은
아름다움입니다

나누는 정 베푸는 사랑으로
생각의 잡초가
자라지 않게
불만의 먼지가 쌓이지 않게
햇살에 피는 꽃은 바람 속에
흔들려도
기쁨의 향기로 고요를 다스립니다

꽃잎 속에 맑은 이슬은
내 마음에
사랑이라는 이름으로 불러집니다

사랑의 의미

사랑은 빛나는 태양
닦으면 닦을수록
더 빛나는 신비의 존재

비바람 속에서도
실연의 고통에도
굴하지 아니하고
성스러운 꽃의 이름으로

아름다운 사랑의 꽃

삶 속에 뿌리 깊게
뻗어져 가는 사랑의 의미
언제나
우리 모두의 주인공임을
잊지 말아요

영혼의 노래

사람들의 무리 속에
나쁜 것에 적응을 못 하고
오직 행복을 추구하고 갈망한다

이 모든 것이 욕심에서
이루어진다고 믿는다

그렇다고 모두가 손아귀에
움켜질 수는 없다
행복을 얻고 즐길 수 있는 사람은
그것에 집착하지 않기 때문에 가능합니다

한 가지에
관심을 갖고 집착하면
행복은 멀어지기 마련입니다
행복은 소유하는 것이 아니고
즐길 줄 아는 자에게 찾아옵니다

영혼의 노래 속에
깊은 울림이
있듯이 말입니다

행복의 이유

늘 감사한 마음과
사랑의 힘 빌어서
하루를 엽니다

하루에
나를 사랑하사
예쁜 말 고운 말로
상대를 기쁘게 하는 것이
지상에서 영성으로 흘러갑니다

세상만사 좋은 일
기쁜 일, 슬픈 일
어느 한 사람만 겪는 일이 아닙니다

나를 통해서
진심이 담긴 말 한마디에서
타인의 가슴속에 꽃 한 송이 심어주듯

두 배의 사랑과 행복이
내 앞에 있다는 것입니다

엄마

엄마가 이 땅과 이별한 지
두 달이 다 되어갑니다

엄마!
이곳은 맑은 하늘과
화장한 햇볕
선선한 바람과 향기로운
꽃 내음이 나는 5월입니다

병원에 계실 때와
또 다른 천국 소망은
어떠한지요?

예전에는 미처 몰랐습니다
내 눈앞에 선명하게 그려지는
나의 엄마
너무 좋았고
사랑했는데

왜 표현을 더 해주지 못했는지
지금에서 후회하고

가슴이 무너지는 것 같아서
어찌할 바를
모를 때가 있습니다.

엄마!
나의 말과
좋았던 기억만 하세요
편안한 마음으로
계신 줄로 믿습니다.

속마음 이야기

생각이 난다
좋아도 했고
사랑도 했었다

그동안
진실에 이르기까지
너에게 보여 줄 수 있는
사랑은 아주 작았다

가끔 밤하늘의 별을 보며
말할 수 없는 속마음을
이야기해 본다

너와 나의
생활이 너무나 다르기에
쉽게 다가갈 수 없는
현실이 된다

같은 하늘 아래
아주 멀리서라도
너를 향해 있는 나의 사랑이

그대에게 전해졌으면 한다

바람보다 먼저 느껴주고
아주 작지만
어떤 존재로 남아
서로가 향하고 있다는 것을
기도로서
작은 소망을 가져보련다

당신을 위한 기도

너와 나
우리 모두 같이 가는 길에
항상 감사한 마음으로
날마다 당신을 기억하고 있습니다

아침에는 환한 미소로
낮에는 활기찬 열정으로
밤에는 편안한 마음으로
즐거운 말 한마디에
축복을 줍니다

하루를 후회보다
만족하며
꽃은 아름다움을 약속하고
공기는 맑은 산소를 약속하듯이

삶에 지치고 힘들 때
어디에선가 당신을 위한 기도가
있다는 것을 믿음으로
받아들이시면 됩니다

장미

꽃 중의 꽃
아름다운 장미의 여왕
신선한 산들바람 속으로

황홀한 실루엣
사랑스러운 자태를
뽐내는 모습에
내 마음 녹이니.

어느 누가
너의 아름다움에
찬사를 아끼려나 모르겠네

멍 때리기

난
저녁노을이 질 때며
여러 가지로
생각에 잠긴다

지나간 자리
다시 떠오르는
태양을 기다리면서
마냥
그 자리에 서 있다

왜일까?
무념무상으로
아무 생각 없이
멍하니 노을만
바라보고 있노라

미래 지향적

오고 가는 시간에
미련을 갖지 말자

그럴수록
아까운 시간
목이 타기 마련이다

오늘
현재의 충실하고
삶의 즐거움으로
보내는 것이
오히려
미래 지향적이다

로이와의 동행

화창한 날씨
녹음이 짙어가는
숲속을 걷노라며
내 마음 훨훨 날아갈 듯합니다

상쾌한 공기를 마시며
나뭇가지에 청아한 새소리
우리를 반겨 줍니다

하늘과 땅을 보며
로이와 나의 발맞춤으로
행복 나들이에

엉덩이는 씰룩씰룩
꼬리는 살랑살랑 신납니다

로이는 십 년을
함께 나눈
나의 친구이며
동반자로
서로의 눈빛만 봐도
교감 하에 파악하는
사랑의 친구입니다

목단꽃이 진다고

꽃이 진다고 해서
서러워 말 거라
울지 말 거라

오늘 따뜻한 볕에
녹색 열두 폭넓은 어미 치마
떨어진 자주색 꽃 주워 고이 재우나니

안방마다 목단꽃
귀하고 부하구나
아무도 찾지 않아도
임의 맘 시들지 않네

목단꽃으로 지녔든 마음
가슴속 깊이깊이 소망으로 영그나니

하늘은 더 푸르고
어미는 수 없는 날
보듬어 키우리라

목단꽃이 지던 오월 어느 날
우지 마세요. 서러워 마세요
찬란한 새날에 우리 함께하리라

제5부

내일 일은 난 몰라요

지혜로운 삶

나를 좋아하는 사람
싫어하는 사람은 없습니다

그래서
도둑도 가족에는
위대한 사람이고
사랑스러운 사람이라

근본이 무엇이겠습니까
인간의 본성이 간사하기 때문입니다

그 누구에게나
공사가 있기 마련인데
그걸 구별할 줄 아는 사람이
지혜롭게 살아가는 방식입니다

꼭 알아야 할
필요성에 놓여 있습니다

꽃과 나

와!
장난이 아니구나

연산홍과 철쭉
이곳저곳
자신의 영역을
펼쳐져 있는
아름드리 꽃

나의 눈
지나가는 이들을 보며
아름다운 자태를 뽐낸다

아주 탐스럽게 핀
너희들의 봄의 왈츠로
새들과 음률을 맞추는
사랑의 노래여

외모는 아름답지만
너희들에게 없는 게
나에게는 있지

예쁜 말로 사랑받고
나만의 향기로
사랑받음으로…

그래서
하늘은 공평하다

내일 일은 난 몰라요

아침 일찍 커튼 너머로
햇살이 춤추면
나 역시 덩달아 기분이 좋습니다

온몸을 휘감는 청명함
나의 머리카락 쓸어 올리며
기지개는 덤으로 펴진다

은은한 향의 모닝커피
하루의 행복을 보증이나 하듯

이 시간만은
어제의 아픔과 힘듦 떨쳐버리고
선물 받은 지금 하루에 감사할 뿐이다

예수님 말씀 중
"내일 일은 난 몰라요"라고
말씀하셨습니다

나머지의 행복은
우리 주님의 책임 의식 속에

행복한 오늘이 됩니다.

예수님은 나의
영원한 사랑입니다

때문에
임마누엘 하나님을
찬양합니다

싸리나무꽃

목이 긴 싸리꽃
가녀린 몸으로
한 나무에 아기 꽃들이
아주 작게 핀 오목조목
꽃들의 잔치여

쪽빛 같은 하얀 꽃
예전에 아버지 꽃으로
이름난 싸리나무
그 옛 풍경에 손에 잡힐 듯
상상만으로도 느낀다

마당을 쓰는
빗자루 만들기 위해
베고 또 베어서
꽃 피우기도 전에
서운한 것 없이
몸을 내어주는
사랑이라는 이름하에
비로소 알게 되었다

어린이날

오월은 푸르구나
푸름으로
눈부시게 빛나는
5월 5일 어린이날입니다

아이들의 맑은 눈을 보고
티 없이 고운 얼굴에서
슬기로움은 맑습니다

세상은 온통
초록빛으로 물들어가는
새 나라의 아이들에게 넉넉하며
장차 미래를 책임질
우리나라의 참된 일꾼으로
우뚝 설 것입니다

청춘의 특권

세월에 장사 없습니다
외모에 흔적은 남겼지만
마음은 청춘이요
사랑입니다

신록의 계절에
청춘의 특권을
마음껏 발휘하리라

나의 사랑하는 이들에게도
들려주고 체험하게 하소서

그들의 마음에도
신록의 싱그러움이
청춘의 특권에서 유익하기를
그리고 행복하기를 바랍니다

시인(1)

시인은
자기를 알리는 게
아니고
누군가에 의해 알려진다

사물을 쉽고
정직하게
전달하는 자다

시인(2)

화가는
계절의 변화를
화선지에 수놓는다

시인은
자연의 아름다움과 변화를
읊조리며
노래합니다

시인(3)

상큼발랄한
공기를 전하는 바람

눈을 감게 하는 햇살

지천에 만발한
꽃을 보고 느낀다

시인은
아름다운 세상을
시에 담아 전하는 자다

쑥국

봄 향기가 폴폴 나는 날
나는 산으로 들로 나간다

꼭 이때 쯤이다
바구니에 작은 칼 끼고
쑥 캐는 데만 빠져든다

쑥 한 바구니 캐오면
엄마와 나의 손길이 분주해진다

절반으로 나누어
쑥버무리와 쑥국

우리 엄마 솜씨 하나
요리사 못지않다

특별한 재료 없이
주물주물 뚝딱
만들어 내는
모든 찬과 국들

가족 모두 옹기종기
모여서 먹는 그때의 쑥국은
봄의 찬으로

맛깔나게 만드는
요술쟁이 밥상은
가족들의 건강을 책임지는
사랑의 손맛이었다

때 늦은 봄바람

좀체 꺾이지 않는 바람
쓸쓸하다
한사코 버티려는 바람
지칠 줄 모르느냐

아직은 때가 아닌가
봄이라 환호성을 질러보기도 전에
제대로 피우다가
그만 꽃은 떨어져 휩쓸린다.

되돌린 계절 안팎으로
뒤집힌 봄바람이 사납고 사납구나

이른 봄인가 했더니
때늦은 봄은
문밖에서
똑 똑 똑 두드리고 서성이네

쓸쓸한 봄
싸늘한 봄
맴도는 봄

언제나
저제나 가까이 오려나

애처로이 기다리며
마음 태우니 가슴이 타도다

목이 빠지도록 보고 싶은
꽃길과 봄날과 꽃피는 봄으로
어디쯤에서 오는지…

.

5월의 첫날

햇살이 가득하고
바람결도 상냥한 게
산들산들 불어오는
5월의 첫날

꽃중에 꽃
5월의 장미 향기
꽃 바람 타고 실려 오는 듯
향기롭습니다

새달을 맞는 내 마음에
은근히 좋은 일만 일어날 것같은
예감이 듭니다

시작이 반이니
새마음으로 밝게
마음을 준비합니다
그냥 기다리면 됩니다

5월의 향기

5월은 계절의 여왕
이름 앞에
아름다운 장미
아카시아 꽃향기로

여기저기서
5월을 자랑합니다

환상적인 하모니로
맞이할 장미의 내음이
깊어 가리이니

우리들의 가슴에도
그 향기를 품으리오

모두가 사랑이야
모두가 행복이야

사랑하는 연인들
꽃내음으로 물들어
그 사랑 높이 사겠네

내 사랑 장미

오!
너 참 아름다워라
푸른 잔디 노랑나비
춤추듯 오네

너는 너무 곱구나
송홧가루 날리는
솔밭 사이 나비
내게로 오네

붉은 사랑의 장미
이슬에 젖은 고운 입술
사랑으로 마술을 안아요

빛나는 아침
부드러운 바람
오!
내 장미는 사랑의
아침을 노래하네

그때 그 시절

아직도 추억을 더듬는다.
지금의 현실과 비교하면
그래도 그때가 그립다

어쩌면 21세기
세계적으로 뻗어나가는 문화
차이에서 오는
메마른 인문학(Humanities) 때문일까?

사람이 그립다
조약돌처럼
옹기종기 모여서
서로를 공감하며.
인간의 정을 느낄 수 있으니

동행

꽃피는 길
향기 맡으며
동행하고 싶은 사람이 있습니까?

혼자만의 생각이
일상생활에 에너지가 됩니다

가족을 떠나서
자유로이 훨훨
비밀 이야기를 공유할 수 있는
좋은 친구를 만드세요

생활 속에 다람쥐 쳇바퀴 돌듯
그곳에만 연연하며
체력의 소비로
건강에도 전혀 도움이 안 됩니다

나만의 일탈에서
나를 위한 생활을
저축하셔야 합니다

그 속에 여유로움으로
다른 이에게
나누어 줄 수 있는
여건이 되어
삶의 충전된다는 것을
잊지 말아요

시간 속에 묻혀 버리는
내 인생
먼 훗날 아쉬움을
남긴다는 것입니다

중년의 사랑

이른 아침부터
구름 낀
하늘의 공기는 혼탁해도
자연과 숲 산과 들은
진초록빛으로
짙게 물들어가고.

생기가 넘치며
푸른빛이 더해가는 봄날

나만의 사랑을 향해
빠르게 질주하는 곳

싱싱하고 젊음으로
살고 싶은 중년의 마음에도
심쿵심쿵 긴장감으로

뜨거운 욕망으로
사랑하고픔은
젊음에 못지않게
열정은 살아 숨 쉰다

아버지의 사탕

아버지 쉬는 날
매무시하고
오일장에 나가신다

물끄러미 아버지
바라보며 은연중에 기다려진다

가뭄에 콩이 나듯
아주 여문 하얀 알사탕
어김없이 기대해 본다

언제나 무뚝뚝한 표정
살가운 말 한마디 없어도

사탕 하나에 모든 것이
압축되어 있듯이
평행선을 곳곳마다
사연 담으련다

사랑의 노래

깊은 밤 혼자랍니다
동굴 속처럼 어둡습니다

감아야 보이는
나만의 꽃들이여

장마는 가고
태풍은 동쪽으로
바다를 재우고

하얀 모래밭에
맨몸으로 뒹구는 파도

해를 바라보는 꽃
달을 맞이하는 꽃

밤하늘에 저 수많은 별은
자기 짝을 찾아 반짝입니다

혼자 사랑할 수는 없습니다

임이여!
나의 사랑이여
이 밤이 가기 전에
사랑의 노래를 들려주길…

아직은 찬란한 봄

아직은 찬란한 봄
어느새 사월 마지막 날
옛 어린 시절을 생각하며
들로 산으로 뛰어다니고
싶은 충동을 일으킵니다

그래서
신록의 계절이 좋은지
눈부신 날
핸드폰의 음악과 함께 한적한
숲길에는
자연도 소곤소곤 자기만의
세계가 분명히 있다고 믿습니다

나 혼자 아닌 자연과
하나의 화음으로
합창을 이루는 듯합니다

순수를 위하여 가네

파란 하늘에
하얀 뭉게구름으로
차곡차곡 집을 짓는다

보드라운 살냄새
꽃들은 스스로
알록달록 나비 따라 춤을 춘다

꽃향기 바람 따라
뜨겁게 입 맞춘다
그때 나는 바보가 되어
예쁜 꽃향기에 눈이 멀었다

꽃도 나비도
이른 봄부터 기다렸으니
나무는 초록으로 단장하고

나비들은 세레나데를
부르며 꽃 속에
하얀 은빛 진주를 심는다

아름다운 삶

아름다운 삶을 위함은
꽃처럼 웃고
새같이 노래하고

구름같이 자유로운
평화와 자유를 만끽하며

내 인생의 미움
물줄기처럼 흘려보내고

은혜로운 삶
황금 같은 인생에
꿈과 희망을
마음속에 품고
살아가야만 한다는 것을
전하고자 합니다

아픔

멍 때린다
나의 육신에 에너지가
다 빠지는가 보다

하루를 꼼짝을 못하고
눈만 감고 상념에 잠기며

만감이 교차하는 곳에
마음에 눈물을 씻누나

무한한 공간 속에
나를 위함인지
아닌지 희미해진다

생각을 담다

조용한 밤
음악을 듣고 있노라며

순수를 향한
아름다운 관계인 듯

특별함으로
다가온 그 사람

가끔은 떠오르는 날
아무도 모르는 곳에
눈물의 씨앗을 틔운다

진실의 옷을 입고 부르는 사랑의 노래

– 강자앤 시집 『기다려 보네. 사랑이여』

최 봉 희(시조시인, 평론가, 글벗 편집주간)

기름지고 맛있는 음식이 뱃속에 가득 차면 피부가 윤택해진다. 술이 뱃속으로 들어가면 얼굴에 붉은 빛이 감돈다. 글쓰기도 마찬가지다. 마음속에 쌓여 있다가 바깥으로 드러나면 그 빛이 보인다. 그래서 시는 마음으로 그리는 언어 그림이다. 머릿속 생각을 언어로 꽃 피우는 것이다. 자신만의 생각을 글말로 표현해 독자에게 드러내는 것이다.

그렇다면 좋은 시 쓰기는 어떻게 하는 할까? 좋은 시는 글 속에 녹아든 그림이 사람의 이해를 돕고 공감을 불러일으켜야 한다. 남의 시를 읽는 것과 사색을 동반하면 글말은 깊이가 있다.

다산 정약용 선생은 『다산시문집』 「오학론(五學論)3」이라는 책에서 이렇게 적었다.

어떤 사물을 마주하여 공감을 일으기기나 그렇지 않은 것을 글로 써서 밖으로 드러내면, 거대한 바닷물이 소용돌이치고 빛나는 태양이 찬란하게 빛나는 듯하다. 또한 이 글로 가깝게는 사람들이 감동하고, 멀게는 하늘과 땅이 움직이며

귀신이 탄복한다. 이것을 가리켜 '문장'이라고 한다.

 강자앤 시인은 이번에 세 번째 시집 「기다려 보네. 사랑이여」을 내놓았다. 그는 시인의 역할과 사명에 대하여 이렇게 답한다.

시인은
자기를 알리는 게
아니고
누군가에 의해 알려진다

사물을 쉽고
정직하게
전달하는 자다
- 시 「시인(1)」 전문

 시인은 '사물을 쉽게, 정직하게 전달하는 자'라고 말한다. 옳은 말이다. 마음속에 깨달음이 넘치면 시 쓰기는 저절로 이루어지는 법이다.
 그렇다면 시적 소재는 도대체 무엇일까? 강자앤 시인은 '자연'의 아름다움과 변화를 읊조리고 노래한다고 한다. 그리고 '아름다운 세상'을 담는다고 말한다.

화가는
계절의 변화를
화선지에 수놓는다

시인은
자연의 아름다움과 변화를
읊조리며
노래합니다
- 시 「시인(2)」 전문

또한 시인은 하늘과 땅 사이에 만물이 변화하여 놀라움을
기쁨으로 자연에 대한 감동을 표현한다. 또한 자연 속에서
느낀 아름다움과 그 변화를 내 기운으로 받아들이는 경우
가 많다. 그 기운을 발휘한 문체와 형식, 자태를 갖출 수
있는 것이 바로 글이고 시가 되는 것이다.

상큼발랄한
공기를 전하는 바람

눈을 감게 하는 햇살

지천에 만발한
꽃을 보고 느낀다

시인은
아름다운 세상을
시에 담아 전하는 자다
- 시 「시인(3)」 전분

시인은 자연 속에서 하늘과 땅 그리고 사람을 대상으로
살아 꿈틀대는 기운의 움직임과 변화를 시에 담는다. 이를

위해서는 마음속에서 깨달음의 기운을 길러야 한다. 이렇
게 되면 애써 아름답게 꾸미려고 하지 않아도 문장은 저절
로 살아 움직이는 빛을 발하게 마련이다. 다시 말해서 독
자에게 사물의 이치가 넓고 밝게 공감을 통해 전해지는 것
이다.

 사랑의 마음도 마찬가지다. 말과 글은 마음속에 담긴 거
짓과 진실에서 나오는 법이다. 진실을 말하는 사람은 말과
글이 조화를 이룬다. 더욱이 글말로 드러내면서 밝은 빛을
발하게 마련이다.

 강자앤 시인의 또 다른 시「사랑의 이유」를 살펴보자.

　　사랑하는 사람아
　　빛이 있으며 어둠도
　　괴로움, 슬픔도
　　한순간 피었다가
　　꽃처럼 시들어지는 것처럼

　　사랑하는 사람아
　　어디 하나 영원한 것은 없지 않은가?
　　부드러운 음성 따뜻한 미소가
　　말하여 주듯이

　　사랑하는 사람아
　　나의 말에
　　소중함을 느꼈으면 좋으련만

　　오늘날 번뇌에서

성찰하는 마음으로 돌아가
내일의 희망을 바라보고
다시 일어날 준비
연속이나 하듯이

이렇게 진실하게
부드럽게 속삭이며
있는 모습 그대로를

때문에
나는 당신의 말에 전부
동의할 수 없었으나
당신의 모든 것을
사랑하게 된 이유입니다.
- 시 「사랑의 이유」 전문

　시인은 진솔하게 말한다. 성찰의 시간을 갖는다. 어느 하나 영원한 것은 없다고 깨달으면서 시인의 글말의 소중함을 고백한다. 시를 쓰는 것은 희망을 바라보고 다시 일어설 준비를 하는 것이라고.
　시를 좋아하는 이유는 무엇일까? 시인의 말처럼 진실하기 때문이며 사랑하기 때문이다. 거짓의 말을 좋아하는 사람은 의로움이나 도리를 말하지도 않는다. 더불어 선악 구분을 하지 않을 뿐만 아니라 사랑의 말을 하지 않는다. 그런 사람은 다른 사람의 자질구레한 허물을 찾기에 급급할 뿐이다. 그러나 시인은 자연과 사람을 사랑한다.
　세상의 온갖 일을 사랑하면서 시인의 말글에 진실한 기운이 환히 드러나는 법이다. 고운 말을 사용하는 시인은 얼굴빛이 사나울 수 없다. 바른 말을 사용하는 시인은 눈빛이 곱고 마음이 선명하게 드러나는 법이다.

생각난다
좋아도 했고
사랑도 했었다

그동안
진실에 이르기까지
너에게 보여 줄 수 있는
사랑은 아주 작았다

가끔 밤하늘의 별을 보며
말할 수 없는 속마음을
이야기해 본다

너와 나의
생활이 너무나 다르기에
쉽게 다가갈 수 없는
현실이 되어간다

같은 하늘 아래 아주 멀리서라도
너를 향해 있는 나의 사랑이
그대에게 전해졌으면 한다

바람보다 먼저 느껴주고
아주 작지만
어떤 존재로 남아

서로가 향하고 있다는 것을
기도로서
작은 소망을 가져보련다
- 시 「속마음 이야기」 전문

시인의 진실한 글은 보고 듣는 사람의 마음을 움직여 쉽게 뜻이 통한다. 이때에는 문장을 잘 짓겠다고 애쓰지 않아도 저절로 훌륭한 문장이 나오기 마련이다. 시는 억지로 쓴다고 해서 나오지 않는다. 뜻이 어긋나면 글은 힘이 없어진다. 그래서 혼도 담을 수 없다. 결국은 조화로운 문장을 이룰 수 없다. 그래서 시를 쓸 때는 맑고 진실한 마음으로 써야 한다.

추운 겨울 눈 덮인 깊은 숲속
땅속에서도
생명은 꼼지락거리네

바위는 살짝 옆으로 눕고
얼었던 강물도 쉬었다 가네
큰 아기 치맛자락
슬슬 올라가는 봄 한나절

연두색 새싹 간질간질
새로 돋는 잔디 뿌리랑 소곤거리면
나무는 조용히 생각합니다

무거워도 힘들어도 춥고 더워도

잎을 내고 꽃을 피우고
말씀을 따라 쉬지 않으리라

하늘은 한 발자국도
오갈 수 없는 나무들에게
지혜를 주시네
용기를 주시네

나무는 새들과 더불어
멀고 가깝고 밉고 예쁘고
온갖 바람을 견디며

엄마처럼
꿈을 안고 낙원을 향해 갑니다
- 시 「생각하는 나무」 전문

또 다른 시 「생각하는 나무」에서 보듯이 하늘과 나무는
서로 교감하면서 어려움과 힘겨운 환경을 극복하며 살아가
는 것이다. 어쩌면 생각하는 나무는 곧 '시인'이 아니겠는
가. 하늘이 내게 준 능력 안에서 사랑으로 자연과 이웃을
노래하면서 행복의 낙원을 찾아가는 것이 아닐까.

시는 '뜻을 표현하는 보자기'라고 말하고 싶다. 본래 뜻이
저속하면 일부러 맑고 고상한 말을 늘어놓아도 이치에 닿
시 않는다. 마치 쓰레기를 비단 보자기에 싸도 쓰레기인
것처럼 냄새가 난다. 냄새나는 보자기에서 신비로운 향기
를 기대할 수 없다. 오히려 비단 보자기만 아까울 뿐이다.

강자앤 시인이 또 다른 시를 살펴보자.

일상생활 속에
근면 성실한 사람은
늘 좋은 경험을 하며 살아갑니다

그러나 늘 불평을 늘어놓고
삶의 의욕을 잃은 자는
만사가 귀찮아지는 행동으로
타인에게까지 타격을 입힙니다

움직인 만큼
배워가는 것도 많았기 때문에
자존심은 버리고
자존감으로 삶의 질을 높인다

자기 자신을 위한
사랑으로 가는 길이
승리하기 때문입니다
- 시 「삶 속에 행복」 전문

 시인은 시「삶 속에서 행복」을 통해서 자기를 사랑하는 길은 '배움의 길'이라고 분명하게 말한다. 글쓰기는 그 재주를 타고나기도 하지만 다양한 경험을 통해 얻는 경우가 대부분이다. 다시 말해, 타고난 재주가 뛰어나다고 해도 성실하게 애쓰지 않으면 ㄱ 재능을 완전하게 드러낼 수 없다는 의미다.
 글 쓰는 능력은 보고 듣고 아는 만큼 나온다. 보고 들은

것이 많아야 막힌 곳이 없는 법이다. 그래야 언어와 문장
은 기이하고 뛰어나며 글의 깊이가 크고 넓어지는 것이다.
　그런 의미에서 책 읽기를 강조하고 싶다. 독서와 글쓰기
는 마치 한 벌의 옷과 같다. 윗도리만 입고 폼을 잡고서
밖에 나갈 수 없다. 물론 아랫도리만 입고 뛰어봐야 자세
가 나오지 않는다. 독서와 글쓰기가 어우러졌을 때 좋은
시가 나오는 법이다.

　　너와 나
　　우리 모두 같이 가는 길에
　　항상 감사한 마음으로
　　날마다 당신을 기억하고 있습니다

　　아침에는 환한 미소로
　　낮에는 활기찬 열정으로
　　밤에는 편안한 마음으로
　　즐거운 말 한마디에
　　축복을 줍니다

　　하루를 후회보다 만족하며
　　꽃은 아름다움을 약속하고
　　공기는 맑은 산소를 약속하듯이

　　삶에 지치고 힘들 때
　　어디에선가
　　당신을 위한 기도가 있다는 것을
　　믿음으로 받아들이시면 됩니다
　　- 시「당신을 위한 기도」전문

사람이 사람에게 줄 수 있는 가장 큰 선물은 말글이다. 물론 사람에게 가장 큰 상처가 되는 것도 역시 말글이다. 시인은 오늘도 감사의 마음을 글로 표현하고 있다. 즐거운 말 한마디로 축복을 전하고자 한다.

강자앤 시집 『기다려 보네. 사랑이여』에 나타난 시의 특징은 한마디로 '이해하기 쉽고 진실이 담긴 글'이다.

쉬운 글이란 도대체 어떤 글일까? 바로 마음으로 그릴 수 있는 글이다. 거짓으로 글을 꾸미고 장식해서 실제 형상과 다른 모습을 얘기한다면 그 글은 쉬운 글이 결코 아니다. 그렇다면 쉬운 글은 어떻게 쓸까? 조선시대의 작가 이수광은 『지봉유설(芝峯類說)』「문장 文」에서 다음과 같이 세 가지 방법을 제시한다. 첫째는 우리 주변에서 흔히 볼 수 있는 소재를 활용하라는 것이다. 안개 낀 아침이나 달 밝은 밤, 짙은 나무 그늘과 비가 내리는 때를 만나면 문득 감흥이 일어나 시를 읊게 되고 문장의 구상이 떠올라서 글이 써질 것이다. 생동감이 있는 살아있는 글을 쓰는 방법이다.

둘째는 알기 쉬운 글을 써라. 다시 말해 복잡하고 번거로운 글이 아닌 간결한 문장으로 써야 한다. 마음으로 시를 쓰는 것이다. 마음에 싹튼 사랑으로 사람의 마음을 사야 한다. 그러기 위해서는 간결하고 명확하며 쉬운 글로 자주 되고를 해야 한다. 보고 또 보고 읽고 또 읽으면서 무슨 말인지 읽어보고 이해할 수 있는 쉬운 글로 고치고 또 고쳐야 한다.

셋째는 외우기에 쉬운 문장으로 쓰라. 다시 말해 쉽게 이해할 수 있는 쉬운 글을 쓰라는 것이다.

그런데 오늘날 시를 쓰는 시인들은 이해하기 어려운 시를 잘 지은 글로 생각하는 경향이 있다. 흔한 것은 쉬운 것이 아니다. 오히려 흔한 그것은 고민하는 풀기 어려운 문제인 셈이다. 흔한 것은 결코 싸구려가 아니다. 오히려 같은 문제가 반복된다는 의미를 담는 것이 아닐까.

하늘은 높고
구름은 유유히 떠다니며
자연 속에 나뭇잎과 나

길가에는
코스모스 한들한들
참 평화로운 날임에
틀림없다

내 마음 두둥실
뭉게구름에
사랑을 보내고픈
마음이다

편안한 마음으로
가만히 생각해보니
즐겁고 행복했던 날들

어둡고 힘들었던
과거는
세월에 잊혀 가고

자연아
사람아

우리들의 소망을
노래에 담아
감사의 인사를
하늘에 띄워 보내련다
– 시 「뭉게구름」 전문

얼마나 쉽고 편안한 시인가. 시인은 자연과 이웃과 더불어 사는 삶을 통해서 행복의 소망을 담아 노래하고 감사의 마음을 담아서 인생의 시를 쓰고 있다.

시를 쓰려면 먼저 새로운 깨달음이 있어야 한다. 처음 시를 짓는 법을 배우는 사람은 먼저 생각을 어떻게 표현할 것인가 배워야 한다. 마음과 뜻을 전달하기 위해서는 글쓰기 연습이 필요하다.

시인은 손으로 쓰고, 입으로 뱉어내며, 눈으로 보고, 귀로 들은 다음에야 겨우 한 구절의 문장을 완성할 수 있다. 눈, 목, 코, 입, 살갗의 다섯 가지 감각과 기쁨, 분노, 슬픔, 즐거움, 사랑, 미움의 여섯 가지가 부지런히 애쓰고 작동해야 시를 지을 수 있다.

다시 말해 생각이 지혜롭지 못하면 훌륭한 시가 나오지 않는다. 마음이 맑지 못하면 생각이 지혜롭지 못하다. 밝고 지혜로운 생각으로 시를 쓰고 느끼고 읊어야만 사람들의 감정을 깨울 수 있다. 그러기 위해선 무엇보다도 자신을 사랑하는 마음이 있어야 아름다운 글이 탄생하지 않을까?

나는 나를 사랑해야 할
이유를 부여하고 싶다

이곳까지 오면서
다양한 일들

어쩌면 행복한 날보다
깊은 고난 속에
하나의 열매를 맺듯
힘든 고난들

사랑과 행복
불행과 슬픔

직접 체험하고
배움의 토대에서
경지는 아닐지라도

지혜로움에서
인생을 배우고
사랑을 배웠다

어둠을 뚫고 사랑으로
헤쳐나갈 때
나 자신 위한 시간에서
더 행복하고

승리하는 기쁨으로
내가 나에게
아낌없는 찬사를 주련다
- 시 「나를 사랑하노라」 전문

시인은 직접 체험하는 삶 속에서, 혹은 배움의 토대에서 지혜로움과 인생을 배우고 사랑을 배워야 한다. 그런 의미에서 시인은 언제나 어디에서나 부단히 글 쓰는 재료를 모으고 적바림(메모)하는 삶을 살아야 한다.

강자앤 시인도 마찬가지다. 아름다운 글말을 만나거나 기발한 비유나 빼어난 문장을 만나면 항상 작은 쪽지에 혹은 메모장에 기록해서 간직하기도 한다. 나중에 시를 지을 때 녹이고 다듬어서 사용하려는 마음이 있기 때문이다.

이제 강자앤 시인은 어느덧 중년의 삶을 맞이하고 있다. 시는 아름답고 소중하다. 그러기에 오늘도 황폐해지고 텅 비어가는 가슴속을 사랑의 노래로 채우려고 한다.

우리가 살아왔던 하루하루는 결코 헛된 것이 아니다. 과거를 기억으로 불러와서 재현하고 오늘의 삶을 진솔하게 털어놓을 이야기가 많다. 그래서 매일 매일 시 쓰기는 삶의 성찰과 질문을 던진다. 그리고 시 쓰는 시간을 정하고 그 시간을 온전히 소유해야 글 쓰는 힘이 생긴다.

봄이 오면 꽃피고
새들이 찾아와
지지배배
반갑게

노래 불러주고

봄에 연둣빛 이파리
여름철에는
청록색으로
갈아입어
푸름을 자랑하건만

가을 되면 오곡들
열매가 알알이
누렇게 익어
고개 숙이고
이파리
변하여 누렇게 변한다

나무는 겨울이면
맨몸으로
추위를 맞아
사람과 다르게
눈 맞는 게 특이하다

사람은 한번 가면
올 수 없으나
나무와 식물들
철마다 바꿔가며
새 옷 입는 삶을 산다
– 시 「계절은 변한다」 전문

세월은 흐르고 계절은 변한다. 시인은 오늘에 머무를 수
없다. 나무와 식물들처럼 새 옷 입는 삶을 살아야 한다.

글을 쓰며 살고 있고, 글을 쓰기 위해 오늘도 부단히 노력하고 있다. 중요한 것은 삶의 과정이다. 시 쓰기는 경험이 중요하다. 시인이 할 일은 계속 작품 활동을 이어나가는 새로운 방법을 배우는 것이다.

사람이 시를 쓰는 것은 나무에 꽃이 피는 것과 같다. 나무를 심은 사람은 가장 먼저 뿌리를 북돋우고 줄기를 바로잡는다. 그리고 가지와 잎이 돋아나면 꽃이 피는 것이다. 나무의 뿌리를 북돋우어주는 것은 진실한 마음으로 온갖 정성을 쏟는 것이다. 줄기를 바로잡는 것은 부지런히 글쓰기를 실천하는 것이다. 가지와 잎이 돋아나는 것은 널리 보고 두루 돌아다녀야 한다.

강자앤 시인은 시를 쓰면서 오랫동안 인생을 배웠다. 어느덧 세 권의 시집을 발간했다. 그는 삶의 실천을 통해 시행착오를 통해 배우는 것, 글로 자신의 적절한 목소리, 자신만의 독특한 목소리를 직접 찾는 것, 오늘도 시인은 끊임없이 노력하고 있다. 그는 오늘도 새 옷 입는 삶으로 '사랑의 시 쓰기'에 전념하면서 살아가고 있다. 그가 입는 새로운 가치관은 바로 '사랑의 시 쓰기' 활동이다.

뜨거운 열정에 박수를 보낸다. 아울러 건승을 기원한다.

■ 글벗시선184 강자앤 세 번째 시집

기다려 보네 사랑이여

인 쇄 일 2022년 12월 30일
발 행 일 2022년 12월 30일
지 은 이 강 자 앤
펴 낸 이 한 주 희
펴 낸 곳 도서출판 글벗
출판등록 2007. 10. 29(제406-2007-100호)
주   소 경기도 파주시 와석순환로 16,(야당동)
       롯데캐슬파크타운 905동 1104호
홈페이지 http://guelbut.co.kr
E-mail juhee6305@hanmail.net
전화번호 031-957-1461
팩   스 031-957-7319
가   격 15,000원
I S B N 978-89-6533-241-1 04810